ÁMATE
A TI MISMA

ENCUENTRA
TU CAMINO

COMPARTE
TU LUZ

PRUEBA
COSAS NUEVAS

¿Las princesas pueden ser astronautas?

Textos: **Carmela LaVigna Coyle**   Ilustraciones: **Mike Gordon**

 Picarona

Puedes consultar nuestro catálogo en
www.picarona.net

¿LAS PRINCESAS PUEDEN SER ASTRONAUTAS?
Texto: *Carmela LaVigna Coyle*
Ilustraciones: *Mike Gordon*

1.ª edición: abril de 2020

Título original: *Can Princesses Become Astronauts?*

Traducción: *David Aliaga*
Maquetación: *Montse Martín*
Corrección: *Júlia Canovas*

Edita: Picarona, sello infantil de Ediciones Obelisco, S. L.
Collita, 23-25. Pol. Ind. Molí de la Bastida
08191 Rubí - Barcelona
Tel. 93 309 85 25 - Fax 93 309 85 23
E-mail: picarona@picarona.net

ISBN: 978-84-9145-376-5
Depósito Legal: B-3.371-2020

Impreso por ANMAN, Gràfiques del Vallès, S. L.
c/ Llobateres, 16-18, Tallers 7 - Nau 10. Polígono Industrial Santiga
08210 - Barberà del Vallès (Barcelona)

Printed in Spain

Para Bettye, que se encuentra en su propio viaje a las estrellas.
—clvc

Para Caiden y Carter, mis potenciales artistas.
—MG

Cuando crece, ¿una princesa puede ser lo que ella quiera?

Si es lo que anhela,
lo que su corazón más desea.

¿Una princesa puede ser astronauta?

Para decirle que no, no se me ocurre ninguna razón.

¿Los astronautas viajan a Marte?

Las princesas a las estrellas
siempre quieren acercarse.

¿Estudiaré los pingüinos en el Polo Sur?

Quizás una patrulla de pingüinos lideres tú.

¿Puedo ser entrenadora? ¿O vender cacahuetes y palomitas?

Quizá seas una mamá que juega al béisbol de maravilla.

A lo mejor seré la capitana de una misión submarina.

Si es así,
¿adónde dirigirás tu flotilla?

¿Podría trabajar como hada de la primavera?

La verdad es que suena
como un trabajo de primera.

¿Una princesa puede ser profesora de yoga?

¡O bombera! ¡O doctora! ¡O de una orquesta, su directora!

¿Las princesas juegan con máquinas y herramientas?

¡Claro! Y algunas se convierten en ingenieras.

¿Pueden construir un robot que ayude a los demás?

¡Mira este robot! ¡Justo lo acabo de inventar!

¿Puede una princesa
llegar a presidenta?

Tendría mi voto, súmalo a tu cuenta.

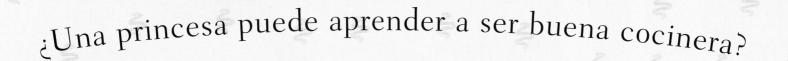

¿Una princesa puede aprender a ser buena cocinera?

Quizás escriba un gran libro de recetas.

¿Una princesa puede ser bibliotecaria?

¡O guarda forestal! ¡O albañil! ¡O veterinaria!

¿Crees que a la gente le gustará lo que pinto?

¿Cómo no iba a gustarles si lo haces con tanto ahínco?

¡Quizás algún día llegue a REINAR!

¡*ESO* sería digno de admirar!

Pero por ahora, me sirve
con ser yo misma.

Eso es justo lo que espero que siempre seas.

¿Adónde va tu cohete?

AYUDA
A LOS DEMÁS

RESPIRA
HONDO

IMAGINA

¡PUEDES
HACERLO!